清·蒲松齡著

聊齋志異

十四册

黄山書社

臙脂

淄川　蒲松齡　留仙　著
新城　王士正　貽上　評

東昌卞氏業牛醫者有小女字臙脂才姿慧麗父寶愛之欲占鳳於清門而世族鄙其寒賤不屑締盟以故及笄未字對戶龔姓之妻王氏佻脫善謔女閨中談友也一日送至門見一少年過白服裙帽丰采甚都女意似動秋波縈轉之少年俯其首趨而去去既遠女猶凝眺

王窺其意戲之曰以娘子才貌得配若人庶可無憾女暈紅上頰脈脈不作一語王問識此郎否荅云不識王曰此南巷鄂秀才秋隼故孝廉之子妾向與同里故識之世間男子無其溫婉今衣素以妻服未闋也娘子如有意當寄語委冰焉女無言王笑而去數日無耗心疑王氏未暇即往又疑宦裔不肯俯拾邑邑徘徊縈念頗苦漸廢飲食寢疾惙頓王氏適來省視研詰病因荅言自亦不知但爾日別後即覺忽忽不快延命假息朝暮人也王小語曰我家男子負販未歸尚無人致聲鄂郎

芳體違和非爲此否女頳顏良久王戲之曰果爲此者病已至是尚何顧忌先令夜來一聚彼豈不肯女歎息曰事至此已不能收但渠不嫌寒賤卽遣媒來疾當愈若私約則斷斷不可王頷之遂去王幼時與鄰生宿介通既嫁宿偵夫他出輒尋舊好是夜宿適來因述女言爲笑戲囑致意鄂生宿久知女美聞之竊喜幸其機之可乘也將與婦謀又恐其妒乃假無心之詞問女家閨闥甚悉次夜踰垣入直達女所以指叩窗內問誰何荅以鄂生女曰妾所以念君者爲百年不爲一夕郎果愛

妾但宜速倩冰人若言私合不敢從命宿姑諾之苦求一握纖腕爲信女不忍過拒力疾啟扉宿遽入卽抱求歡女無力撑拒仆地上氣息不續宿急曳之女曰何來惡少必非鄂郎果是鄂郎其人溫馴知妾病由當相憐恤何遂狂暴如此若復爾爾便當嗚呼品行虧損兩無所益宿恐假迹敗露不敢復强但請後會女以親迎爲期宿以爲遠又請之女厭糾纏約待病愈宿求信物女不許宿捉足解繡履而去女呼之返曰身已許君復何吝惜但恐畫虎成犬致貽汙謗今褻物已入君手料不

可反君如負心但有一死宿旣出又投宿王所旣臥心不忘履陰揣衣袂竟已烏有急起篝燈振衣冥索詰之不應疑婦藏匿婦笑以疑之宿不能隱實以情告言已徧燭門外竟不可得懊恨歸寢竊幸深夜無人遺落當在途也早起尋之亦復杳然先是巷中有毛大者游手無籍嘗挑王氏不得知宿與洽思掩執以脅之是夜過其門推之未扃潛入方至窗外踏一物耎若絮帛拾視則巾裹女舄伏聽之聞宿自述甚悉喜極抽身而出踰數夕越牆入女家門戶不悉誤詣翁舍翁窺窗見男子

察其音跡知爲女來者心忿怒操刀直出毛大駭反走方欲扳垣而下追已近急無所逃反身奪刀媼起大呼毛不得脫因而殺之女稍痊聞喧始起共燭之翁腦裂不復能言俄頃已絕於牆下得繡履媼視之胭脂物也逼問女女哭而實告之但不忍貽累王氏言鄂生自至而已天明送於邑邑宰拘鄂鄂爲人謹訥年十九歲見客羞澀如童子被執駭絕上堂不知置詞惟有戰慄宰益信其情眞橫加梏械書生不堪痛楚以是誣服旣解郡猷撲如邑生寃氣塡塞每欲與女面相質及相遭女

輒訴詈遂結舌不能自伸由是論死往來覆訊經數官無異詞後委濟南府復案時吳公南岱守濟南一見鄂生疑不類殺人者陰使人從容私問之俾得盡其詞公以是知鄂生寃籌思數日始鞫之先問胭脂訂約後有知者否荅無之遇鄂生時别有人否亦荅無之乃喚生上溫語慰之生自言曾過其門但見舊鄰婦王氏與一少女出某即趨避過此並無一言吳公叱女曰適言别無他人何以有鄰婦也欲刑之女懼曰雖有王氏與彼實無關涉公罷質命拘王氏數日已至又禁不與女通

立刻出審便問王殺人者誰王對不知公詐之曰胭脂供言殺卞某汝悉知之胡得隱匿婦呼曰寃哉淫婢自思男子我雖有媒合之言特戲之耳彼自引奸夫入院我何知焉公細詰之始述其前後相戲之詞公呼女上怒曰汝言彼不知情今何以自供撮合哉女流涕曰自已不肖致父慘死訟結不知何年又累他人誠不忍耳公問王氏既戲後曾語何人王供無之公怒曰夫妻在牀應無不言者何得云無王供丈夫久客未歸公曰雖然凡戲人者皆笑人之愚以炫已之慧更不向一人言

將誰欺命梏十指婦不得已實供曾與宿言公於是釋
鄂拘宿宿至自供不知公曰宿妓者必無良士嚴械之
宿自供賺女是真自失履後未敢復往殺人實不知情
公怒曰踰牆者何所不至又械之宿不任凌籍遂以自
承招成報上無不稱奚公之神鐵案如山宿遂延頸以
待秋決矣然宿雖放縱無行故東國名士聞學使施公
賢能稱最又有憐才恤士之德因以一詞控其冤枉語
言愴惻公討其招供反覆凝思之拍案曰此生冤也遂
請於院司移案再鞫問宿生鞋遺何所供言忘之但叩

婦門時猶在袖中轉詰王氏宿介之外姦夫有幾供言
無之公曰淫亂之人豈得專私一人供言身與宿介稚
齒交合故未能謝絕後非無見挑者身實未敢相從因
使指其人以實之供云同里毛大屢挑而屢拒之矣公
曰何忽貞白如此命搒之婦頓首出血力辯無有乃釋
之又詰汝夫遠出寧無托故而來者曰有之某甲某乙
皆以借貸餽贈一二次入小人家蓋甲乙皆巷中游蕩
子有心於婦而未發者也公悉籍其名並拘之既集公
赴城隍廟使盡伏案前便謂曩夢神人相告殺人者不

出汝等四五人中今對神明不得有妄言如肯自首尚可原宥虛者廉得無赦同聲言無殺人之事公以三木置地將並加之括髮裸身齊鳴寃苦公命釋之謂曰旣不自招當鬼神指之使人以氈褥悉幛殿窗令無少隙袒諸囚背驅入暗中始授盆水一一命自盥訖繫諸壁下戒令面壁勿動殺人者當有神書其背少間喚出驗視指毛曰此眞殺人賊也蓋公先使人以灰塗壁又以烟煤濯其手殺人者恐神來書故匿背於壁而有灰色臨出以手護背而有烟色也公固疑是毛至此益信施

以毒刑盡吐其實判曰宿介蹈盆成括殺身之道成登徒子好色之名祇緣兩小無猜遂野鶩如家雞之戀爲因一言有漏致得隴興望蜀之心將仲子而踰牆便如鳥墮冒劉郎而入洞竟賺門開感帨驚尨鼠有皮胡若此扳花折樹士無行其謂何幸而聽病燕之嬌啼猶爲玉惜憐弱柳之憔悴未似鶯狂而釋幺鳳於羅中尚有文人之意乃刼香盟於襪底寧非無賴之尤蝴蝶過牆隔窗有耳蓮花卸瓣墮地無蹤假中之假以生寃外之寃誰信天降禍起桔械至於垂亡自作孽盈斷頭幾於

不續彼踰牆鑽隙固有玷夫儒冠而僵李代桃誠難消
其冤氣是宜稍寬笞扑折其已受之刑姑降青衣開彼
自新之路若毛大者刁猾無籍市井凶徒被鄰女之投
梭淫心不死伺狂童之入巷賊智忽生開戶迎風喜得
履張生之跡求漿值酒妄思偷韓掾之香何意魄奪自
天魂攝於鬼浪乘槎木直入廣寒之宮逕泛漁舟錯認
桃源之路遂使情火息焰慾海生波刀橫直前投鼠無
他顧之意寇窮安往急兎起反噬之心穴壁入人家止
期張有冠而李借奪兵遺繡履遂教魚脫網而鴻離風

流道乃生此惡魔溫柔鄉何有此鬼蜮哉即斷首領以
快人心胭脂身猶未字歲已及笄以月殿之仙人自應
有郎似玉原霓裳之舊隊何愁貯屋無金而乃感關雎
而念好逑竟繞春婆之夢怨摽梅而思吉士遂離倩女
之魂爲因一綫纏縈致使羣魔交至爭婦女之顏色恐
失胭脂惹鷙鳥之紛飛並名秋隼蓮鉤摘去難保一瓣
之香鐵限敲來幾破連城之玉嵌紅豆於骰子相思骨
竟作厲階喪喬木於斧斤可憎才直成禍水葳蕤自守
幸白璧之無瑕縲絏苦爭喜錦衾之可覆嘉其入門之

拒猶潔白之情人遂其擲果之心亦風流之雅事仰彼邑令作爾冰人案既結遐邇傳誦焉自吳公鞫後女始知鄂生冤下堂相遇靦然含涕似有痛惜之詞而未可言也生感其眷戀之情愛慕殊切而又念其出身微且日登公堂爲千人所窺指恐娶之爲人姍笑日夜縈迴無以自主判牒既下意始安帖邑令爲之委禽送鼓吹焉

異史氏曰甚哉聽訟之不可以不愼也縱能知李代爲冤誰復思桃僵亦屈然事雖暗昧必有其間要非審思

研察不能得也嗚乎人皆服哲人之折獄明而不知良工之用心苦矣世之居民上者棋局消日紬被放衙下情民艱更不肯一勞方寸至鼓動衙開巍然高坐彼嘵嘵者直以桎梏靜之何怪覆盆之下多沉冤哉愚山先生吾師也方見知時余猶童子竊見其奬進士子拳拳如恐不盡小有冤抑必委曲呵護之曾不肯作威學校以媚權要眞宣聖之護法不止一代宗匠衡文無屈已也而愛才如命尤非後世學使虛應故事者所及嘗有名士入場作寶藏興焉文悞記水下錄畢而後悟之料

無不槷之理作詞曰寶藏在山間誤認卻在水邊山頭蓋起水晶殿瑚長峰尖珠結樹顛這一回崖中真跌撐船漢告蒼天爵點蒂見好與友朋看先生閱文至此和之曰寶藏將山跨忽然間在水涯樵夫漫說漁翁話題目雖差文字卻佳怎肯放在他人下常見他登高怕險那曾見會水淹殺此亦風雅之一斑憐才之一事也

雨錢

濱州一秀才讀書齋中有款門者啟視則皤然一翁形貌甚古延之入請問姓氏翁自言養真姓胡實乃狐仙慕君高雅願共晨夕秀才故曠達亦不爲怪遂與評駁古今翁殊博洽鏤花雕繢粲於牙齒時抽經義則名理湛深尤覺非意所及秀才驚服留之甚久一日密祈翁曰君愛我良厚顧我貧若此君但一舉手金錢宜可立致何不小周給翁嘿然似不以爲可少間笑曰此大易事但須得十數錢作母秀才如其請翁乃與共入密室中禹步作咒俄頃錢有數十百萬從梁間鏘鏘而下勢如驟雨轉瞬沒膝拔足而立又沒踝廣大之舍約深三四尺已來乃顧語秀才頗厭君意否曰足矣翁一揮錢

即盡然而止乃相與屌戶出秀才竊喜自謂暴富頃之入室取用則滿室阿堵物皆爲烏有惟母錢十餘枚寥寥尚在秀才失望盛氣向翁頗懟其誑翁怒曰我本與君文字交不謀與君作賊便如秀才意只合尋梁上君子交好方得老夫不能承命遂拂衣去

雙燈

魏運旺益都之盆泉人故世族大家也後式微不能供讀年二十餘廢學就岳業酤一夕魏獨臥酒樓上聞踏蹴聲魏驚起悚聽聲漸近尋梯而上步步繁響無何雙婢挑燈已至榻下後一年少書生導一女郎近榻微笑魏大愕怪轉知爲狐髮毛森豎俯首不敢睨書生笑曰君勿見猜舍妹與有前因便合奉事魏視書生錦貂炫目自慚形穢靦顏不知所對書生率婢子遺燈竟去魏細瞻女郎楚楚若仙心甚悅之然慚怍不能作游語女郎顧笑曰君非抱本頭者何作措大氣遽近枕席煖手於懷魏始爲之破顏捋袴相嘲遂與狎昵曉鐘未發雙鬟即來引去復訂夜約至晚女果至笑曰癡郎何福不費一錢得如此佳婦夜夜自投到也魏喜無人置酒與

飲賭藏枚女子什有九贏乃笑曰不如妾約枚子君自猜之中則勝否則負若使妾猜君當無贏時遂如其言通夕爲樂既而將寢曰昨宵衾褥澀冷令人不可耐遂喚婢襆被來展布榻間綺縠香耎頃之緩帶交偎口脂游射眞不數漢家溫柔鄉也自此遂以爲常後半年魏歸家適月夜與妻話窗間忽見女郎華妝坐牆頭以手相招魏近就之女援之踰垣而出把手而告曰今與君別矣請送我數武以表半載綢繆之誼魏驚叩其故女曰姻緣自有定數何待說也語次至村外前婢挑雙燈

以待竟赴南山登高處乃辭魏言別魏留之不得遂去魏佇立傍徨遙見雙燈明滅漸遠不可覩怏鬱而反是夜山頭燈火村人悉望見之

妾擊賊

益都西鄙之貴家某者富有巨金蓄一妾頗婉麗而冢室凌折之鞭撻橫施妾奉事之惟謹某憐之往往私語慰撫妾殊未嘗有怨言一夜數十人踰牆入撞其屋扉幾壞某與妻惶遽喪魄搖戰不知所爲妾起嘿無聲息暗摸屋中得挑水木杖一拔關遽出羣賊亂如蓬麻妾

舞杖動風鳴鉤響擊四五人仆地賊盡靡駭愕亂奔牆急不得上傾跌咿啞亡魂失命妾拄杖於地顧笑曰此等物事不直下手插打得亦學作賊我不汝殺殺嫌辱我悉縱之逸去某大驚問何自能爾則妾父故槍棒師妾盡傳其術殆不啻百人敵也妻尤駭甚悔向之迷於物色由是善顏視妾妾終無纖毫失禮鄰婦或謂妾嫂擊賊若豚犬顧奈何俛首受撻楚妾曰是吾分耳他何敢言聞者益賢之

異史氏曰身懷絕技居數年而人莫之知而卒之捍患禦災化鷹爲鳩嗚呼射雉既獲內人展笑握槊方勝貴主同車技之不可以已也如是夫

捉狐射鬼

李公著明睢寧令襟卓先生公子也爲人豪爽無餒卻爲新城王季良先生內弟先生家多樓閣往往覩怪異公常暑月寄宿愛閣上晚涼或告之異公笑不聽固命設榻主人如請囑僕輩伴公寢公辭言喜獨宿生平不解怪主人乃使炷息香於爐請衽何趾始息燭覆扉而去公即枕移時於月色中見几上茗甌傾側旋轉不墮

亦不休公咄之鏗然立止若有人拔香炷炫搖空際縱橫作花縷公起叱曰何物鬼魅敢爾裸裼下榻欲就捉之以足覓牀下僅得一履不暇冥搜赤足撾搖處炷頓插爐竟寂無兆公俯身遍摸暗陬忽一物騰擊頰上覺似履伏索之亦殊不得乃啟覆下樓呼從人爇火以燭空無一物乃復就寢既明使數人搜履翻席倒榻不知所在主人爲公易屨越日偶一仰首見一履夾塞椽間挑撥而下則公履也公益都人僑居於淄之孫氏第第綦濶皆置閒曠公僅居其半南院臨高閣止隔一堵時

見閣扉自啟闔公亦不置念偶與家人話於庭閣門開忽有一小人面北而坐身不盈三尺綠袍白襪衆指顧之亦不動公曰此狐也急取弓矢對閣欲射小人見之啞啞作揶揄聲遂不復見公捉刀登閣且罵且搜竟無所覩乃返異遂絕公居數年安妥無恙公長公友三爲余姻家其所目覩

異史氏曰予生也晚未得奉公杖履然聞之父老大約慷慨剛毅丈夫也觀此二事大概可覩浩然中存鬼狐何爲乎哉

鬼作筵

杜秀才九畹內人病會重陽爲友人招作茱萸會早興盥已告妻所往冠服欲出忽見妻昏憒絮絮若與人言杜異之就問臥榻妻輒兒呼之家人心知其異時杜有母柩未殯疑其靈爽所憑杜祝曰得毋吾母耶妻罵曰畜產何不識爾父杜曰旣爲吾父何乃歸家祟兒婦妻呼小字曰我耑爲兒婦來何反怨恨兒婦應卽死有四人來勾致首者張懷玉我萬端哀乞甫能得允遂我許小餽遂便宜付之杜如言於門外焚錢紙妻又言曰四

人去矣彼不忍遽吾面目三日後當治具酬之爾母老龍鍾不能料理中饋及期尚煩兒婦一往杜曰幽明殊途安能代庖望父恕宥妻曰兒勿懼去去卽復返此爲渠事當毋憚勞言已卽冥然良久乃甦杜問所言茫不記憶但曰適見四人來欲捉我去幸阿翁哀請且解囊賂之始去我見阿翁鏹袱尚餘二鋌欲竊取一鋌來作餬口計翁窺見叱曰爾欲何爲此物豈爾所可用耶我乃歛手未敢動杜以妻病革疑信未半越三日方笑語間忽瞪目久之語以爾婦綦貪曩見吾白金便生覬覦

然大要以貧故亦不足怪將以婦去爲我敦庖務勿慮也言甫畢奄然竟斃約半日許始醒告杜曰適阿翁呼我去謂曰不用爾操作我烹調自有人祗須堅坐指揮足矣我冥中喜豐滿諸物饌都覆器外切宜記之我諸至廚下見二婦操刀砧於中俱紺帔而綠緣之呼我以嫂每盛炙於鬵必請覘視曩四人都在筵中進饌既畢酒具已列器中翁乃命我還杜大愕異每語同人

閻羅

萊蕪秀才李中之性直諒不阿每數日輒死去僵然如

尸三四日始醒或問所見則隱秘不洩時邑有張生者亦數日一死語人曰李中之閻羅也余至陰司亦其屬曹其門殿對聯俱能述之或問李昨赴陰司何事張曰不能具述惟提勘曹操笞二十

異史氏曰阿瞞一案想更數十閻羅矣畜道劍山種種具在宜得何罪不勞挹取乃數千年不決何耶豈以臨刑之囚快於速割故使之求死不得耶異已

王漁洋云中州有生而爲河神者曰黃大王鬼神以生人爲之此理不可曉

寒月芙渠

濟南道人者不知何許人亦不詳其姓氏冬夏惟著一單帢衣繫黃絛別無襦袴每用半梳梳髮即以齒銜髻際如冠狀日赤腳行市上夜臥街頭離身數尺外冰雪盡鎔初來輒對人作幻劇市人爭貽之有井曲無賴子遺以酒求傳其術弗許遇道人浴於河津驟抱其衣以脅之道人揖曰請以賜還當不吝術無賴者恐其紿固不肯釋道人曰果不相授耶曰然道人默不與語俄見黃絛化爲蛇圍可數握繞其首六七匝怒目昂首吐舌相向某大愕長跪色青氣促惟言乞命道人乃竟取絛絛竟非蛇另有一蛇蜿蜒入城去由是道人之名益著縉紳家聞其異招與遊從此往來鄉先生門司道俱耳其名每宴集輒以道人從一日道人請於水面亭報諸憲之飲至期各於案頭得道人速客函亦不知所由至諸客赴宴所道人傴僂出迎既入則空亭寂然榻几未設咸疑其妄道人顧官宰曰貧道無僮僕煩借諸扈從少代奔走官宰共諾之道人於壁上繪雙扉以手撾之內有應門者振管而起共趨觀望則見憧憧者往來其

中屏幔牀几亦復都有卽有人一一傳送門外道人命吏胥輩接列亭中且囑勿與內人交語兩相授受惟顧而笑頃刻陳設滿亭窮極奢麗旣而旨酒散馥熱炙騰薰皆自壁中傳遞而出座客無不駭異亭故背湖水每六月時荷花數十頃一望無際宴時方凌冬窗外茫茫惟有烟綠一官偶歎曰此日佳景可惜無蓮花點綴衆俱唯唯少頃一青衣吏奔白荷葉滿塘矣一座盡驚推窗眺矚果見彌望青葱閒以菡萏轉瞬間萬枝千朵一齊都開朔風吹來荷香沁腦羣以爲異遣吏人蕩舟采

蓮遙見吏人入花深處少間返棹白手來見官詰之吏曰小人乘舟去見花在遠際漸至北岸又轉遙遙在南蕩中道人笑曰此幻夢之空花耳無何酒闌荷亦凋謝北風驟起摧折荷蓋無復存矣濟東觀察公甚悅之攜歸署日與狎玩一日公與客飲公故有家傳良醖每以一斗爲率不肯共浪飲是日客飲而甘之固索傾釀公堅以旣盡爲辭道人笑謂客曰君必欲滿老饕索之貧道而可客請之道人以壺入袖中少頃出遍斟坐上與公所存更無殊别盡懽始罷公疑焉入視酒瓻則封固

宛然而空無物矣心竊愧怒執以爲妖笞之杖纔加公覺股暴痛再加臀肉欲裂道人雖聲嘶堦下觀察已血殷坐上乃止不笞逐令去道人遂離濟不知所往後有人遇於金陵衣裝如故問之笑不語

陽武侯

陽武侯薛公祿薛家島人父薛公最貧牧牛鄉先生家先生有荒田公牧其處輒見蛇兎鬬草萊中以爲異因請於主人爲宅兆搆茅而居後數年太夫人臨蓐値雨驟至適二指揮使奉命稽海出其途避雨戶中見舍上

鴉鵲羣集競以翼覆漏處異之既而翁出指揮問適何作因以產告又詢所產曰男也指揮又益駭曰是必極貴不然何以得我兩指揮護守門戶也咨嗟而去侯既長垢面垂鼻涕殊不聰穎島中薛姓故隸軍籍是年應翁家出一丁口戍遼陽翁長子深以爲憂時侯十八歲人以太憨生無與爲婚忽自謂兄曰大哥啾唧得毋以遣戍無人耶曰然笑曰若肯以婢子妻我我當任此役兄喜即配婢侯遂攜室赴戍所行方數十里暴雨忽集途中有危崖夫婦奔避其下少間雨止始復行纔及數

武崖石崩墮居人遥望兩虎躍出逼附兩人而沒侯自此勇健非常丰采頓異後以軍功封陽武侯世爵至啟禎間襲侯某公薨無子止有遺腹因暫以旁支代凡世家藩進御者有娠卽以上聞官遣媼伴守之旣產乃已年餘夫人生女產後腹猶震動凡十五年更數媼又生男應以嫡派賜爵旁支譟之以爲非薛產官收諸媼械詰百端皆無異言爵乃定

酒狂

繆永定江西拔貢生素酗於酒戚黨皆畏避之偶適族叔家繆爲人滑稽善謔客與語悅之遂共酣飲繆醉使酒罵座忤客客怒一座大譁叔以身左右排解繆謂左袒客又益遷怒叔無計奔告其家家人來扶捽以歸纔置牀上四肢盡厥撫之奄然氣盡繆死有皁帽人縶去移時至一府署縹碧爲瓦世間無其壯麗至墀下似欲伺見官宰自思我罪伊何當是客訟鬬毆回顧皁帽人怒目如牛不敢問然自度貢生與人角口或無大罪忽堂上一吏宣言使訟獄者翼日早候於是堂下人紛紛籍籍如鳥獸散繆亦隨皁帽人出更無歸著縮首立肆

簷下皁帽人怒曰顛酒無賴子日將暮各去尋眠食爾何往繆戰慄曰我且不知何事並未告家人故毫無資斧庸將焉歸皁帽人曰顛酒賊若酤自啗便有用度再支吾老拳碎顛骨子繆垂首不敢聲忽一人自戶內出見繆詫異曰爾何來繆視之則其母舅舅賈氏死已數載繆見之始恍然悟其已死心益悲懼向舅涕零曰阿舅救我賈顧皁帽人曰東靈非他屈臨寒舍二人乃入賈重揖皁帽人且囑青眼俄頃出酒食團坐相飲賈問舍甥何事遂煩勾致皁帽人曰大王駕詣浮羅君遇令

甥顛詈使我捽得來賈問見王未曰浮羅君會花子案駕未歸又問阿甥將得何罪答言未可知也然大王頗怒此等輩繆在側聞二人言觳觫汗下盃箸不能舉無何皁帽人起謝曰叨盛酌已逕醉矣即以令甥相付託駕歸再容登訪乃去賈謂繆曰甥別無兄弟父母愛如掌上珠常不忍一訶十六七歲時三盃後喃喃尋人疵小不合輒撾門裸罵猶謂稚齒不意別十餘年甥了不長進今且奈何繆伏地哭惟言悔無及賈曳之曰舅在此業酤頗有小聲望必合極力適飲者乃東靈使者舅

常飲之酒與舅頗相善大王日萬幾亦未必便能記憶我委曲與言浼以私意釋甥去或可允從即又轉念曰此事擔負頗重非十萬不能了也繆謝銳然自任諾之繆即就舅氏宿次日阜帽人早來覘望賈請間語移時來謂繆曰諾矣少頃即復來我先罄所有用壓契餘待甥歸從容湊致之繆喜曰共得幾何曰十萬曰甥何處得如許賈曰只金幣錢紙百提足矣繆喜曰此易辦耳待將停午阜帽人不至繆欲出市上少遊囑賈囑勿遠蕩諾而出見街里貿販一如人間至一所棘垣峻絕似

是囹圄對門一酒肆紛紛者往來頗夥肆外一帶長溪黑潦湧動莫測深淺方跱足窺探聞肆內一人呼曰繆君何來繆急視之則鄰村翁生故十年前文字交趨出握手懽若平生即就肆內小酌各道契闊繆慶幸中又逢故知傾懷盡釂酣醉頓忘其死舊態復作漸絮絮瑕疵翁翁曰數載不見復爾耶繆素厭人道其酒德聞翁言益憤擊桌頓罵翁睨之拂袖竟出繆追至溪頭捽翁帽翁怒曰是眞妄人乃推繆顚墮溪中溪水殊不甚深而水中利刃如麻刺穿脇脛堅難動搖痛徹骨腦黑水

半雜溲穢隨吸入喉更不可過岸上人觀笑如堵並無
一引援者時方危急賈忽至望見大驚提攜以歸曰子
不可爲也死猶弗悟不足復爲人請仍從東靈受斧鑕
繆大懼泣言知罪矣賈乃曰適東靈至候汝爲券汝乃
飲蕩不歸渠忙迫不能待我已立券付千緡令去餘者
以旬盡爲期子歸宜急措置夜於村外曠莽中呼舅名
焚之此願可結也繆悉應之乃促之行送之郊外又囑
曰必勿食言累我乃示途令歸時繆已僵臥三日家人
謂其醉死而鼻氣隱隱如懸絲是日蘇大嘔嘔出黑瀋

數斗臭不可聞吐已汗溼裀褥身始涼爽告家人以異
旋覺刺處痛腫隔夜成瘡猶幸不大潰腐十日漸能杖
行家人共乞償冥負繆計所費非數金不能辦頗生吝
惜曰曩或醉夢之幻境耳縱其不然伊以私釋我何敢
復使冥主知家人勸之不聽然心惕惕然不敢復縱飲
里黨咸喜其進德稍稍與共酌年餘冥報漸忘志漸肆
故狀亦漸萌一日飲於子姓之家又罵主人座主人擯
斥出閫戶遝去繆噪踰時其子方知將扶而歸入室面
壁長跪自投無數曰便償爾負言已仆地視之氣已絕

矣

武技

李超字魁吾淄之西鄙人豪爽好施僧一僧來托鉢李飽啗之僧甚感荷乃曰吾少林出也有薄技請以相授李喜館之客舍豐其給旦夕從學三月藝頗精意得甚僧問汝益乎曰益矣師所能者我已盡能之僧笑命李試其技李乃解衣唾手如猿飛如鳥落騰躍移時詡詡然驕人而立僧又笑曰可矣子既盡吾能請一角低昂李忻然即各交臂作勢既而支撑格拒李時時蹈僧瑕

僧忽一脚飛擲李已仰跌丈餘僧撫掌曰子尚未盡吾能也李以掌致地慚沮請教又數日僧辭去李由此以武名遨遊南北罔有其對偶適歷下見一少年尼僧弄藝於場觀者填溢尼告衆客曰顛倒一身殊大冷落有好事者不妨下場一撲爲戲如是三言衆相顧迄無應者李在側不覺技癢意氣而進尼便笑與合掌纔一交手尼便呵止曰此少林宗派也即問尊師何人李初不言固詰之乃以僧告尼拱手曰憨和尚汝師耶若爾不必較手足願拜下風李請之再四尼不可衆慫恿之尼

乃曰既是憨師弟子同是箇中人無妨一戲但相會意可耳李諾之然以其文弱故易之又少年喜勝思欲敗之以要一日之名方頡頏間尼即遽止李問其故但笑不言李以爲怯固請再角尼乃起少間李騰一踝去尼駢五指下削其股李覺膝下如中刀斧蹶仆不能起尼笑謝曰孟浪迕客幸勿罪李舁歸月餘始愈後年餘僧復來爲述往事僧驚曰汝太鹵莽惹他何爲幸先以我名告之不然股已斷矣

王漁洋先生云此尼亦殊蹤跡詭異不可測　又云

拳勇之技少林爲外家武當張三峰爲内家三峰之後有關中人王宗宗傳溫州陳州同州同明嘉靖間人故今兩家之傳盛於浙東順治中王來咸字征南其最著者靳人也雨窗無事讀李超事始末因識於後漁洋書　征南之徒又有僧耳僧尾者皆僧也

雊鵒

王汾濱言其鄉有養八哥者教以語言甚狎習出游必與之俱相將數年矣一日將過絳州去家尚遠而資斧已罄其人愁苦無策鳥云何不售我送我王邸當得善

價不愁歸路無貲也其人云我安忍鳥言不妨主人得價疾行待我城西二十里大樹下其人從之攜至城相問答觀者漸衆有中貴見之聞諸王王召入欲買之其人曰小人相依爲命不願賣王問鳥汝願住否答言願住王喜鳥又言給價十金勿多予王益喜立畀十金其人故作懊恨狀而出王與鳥語應對便捷呼肉啖之食已鳥曰臣要浴王命金盆貯水開籠令浴浴已飛簷間梳翎抖羽尚與王喋喋不休頃之羽燥翩躚而起操晉聲曰臣去呀顧盼已失所在王及內侍仰面咨嗟急覓其人則已渺矣後有往秦中者見其人攜鳥在西安市

上畢載積先生記

王漁洋云可與鸜鵒秦吉了同傳

商三官

故諸葛城有商士禹者士人也以醉謔忤邑豪豪嗾家奴亂捶之舁歸而斃禹二子長曰臣次曰禮一女曰三官年十六出閣有期以父故不果兩兄出訟經歲不得結壻家遣人參母請從權畢姻事母將許之女進曰焉有父尸未寒而行吉禮彼獨無父母乎壻家聞之慚而

止無何兩兄訟不得直負屈歸舉家悲憤兄弟謀留父尸張再訟之本三官曰人被殺而不理時事可知矣天將爲汝兄弟專生一閻羅包老耶骸骨暴露於心何忍矣二兄服其言乃葬父葬已三官夜遁不知所往母慚怍唯恐壻家聞不敢告族黨但囑二子冥冥偵察之幾半歲杳不可尋會豪誕辰招優爲戲優人孫淳攜二弟子往執役其一王成姿容平等而音詞清徹羣贊賞焉其一李玉貌韻秀如好女呼令歌辭以不稔強之所度曲半雜兒女俚謠合座爲之鼓掌孫大慚白主人此子

從學未久祗解行觴耳幸勿罪責郎命行酒玉往來給奉善覷主人意向豪悅之酒闌人散留與同寢玉代豪拂榻解履殷勤周至醉語狎之但有展笑豪益惑之盡遣諸僕去獨留玉玉俟諸僕出闔扉下鍵焉諸僕就別室飲移時聞廳事中格格有聲一僕往覘之見室內冥黑寂不聞聲行將旋踵忽有響聲甚厲如懸重物而斷其索亟問之並無應者呼衆排闔入則主人身首兩斷玉自經死繩絕墮地上梁間頸際殘綆儼然衆大駭傳告內闥羣集莫解衆移玉尸於庭覺其襪履虛若無足

解之則素鳥如鉤蓋女子也益駭呼孫淳研詰之淳駭極不知所對但云玉月前投作弟子願從壽主人實不知所自來以其服凶疑其商家刺客暫以二人邏守之女貌如玉撫之肢體温輭二人竊謀淫之一人抱尸轉側方將緩其結束忽腦如物擊口血暴注頃刻已死其一大驚告衆衆敬若神明焉且以告郡郡官問臣及禮並言不知但妹亡去已半載矣俾往驗視果三官官奇之判二兄領葬勅豪家勿讎

異史氏曰家有女豫讓而不知則兄之爲丈夫者可知矣然三官之爲人卽蕭蕭易水亦將羞而不流況碌碌與世浮沉者耶願天下閨中人買絲繡之其功德當不減於奉壯繆也

王漁洋云龐娥謝小娥得此鼎足矣

西僧

西僧自西域來一赴五臺一卓錫泰山其服色言貌俱與中國殊異自言歷火燄山山重重氣熏騰若爐竈凡行於雨後心凝目注輕跡步履之悞蹴山石則飛燄騰灼焉又經流沙河河中有水晶山峭壁插天際四面瑩

澈似無所隔又有隘可容單車二龍交角對口把守之過者先拜龍龍許過則口角自開龍色白鱗鬣皆如晶然僧言途中歷十八寒暑矣離西域者十有二人至中國僅存其二西土傳中國名山四一泰山一華山一五臺一落伽也相傳山上徧地皆黃金觀音文殊猶生能至其處則身便是佛長生不死聽其所言狀亦猶世人之慕西土也倘有西游人與東渡者中途相值各述所有當必相視失笑兩免跋涉矣

泥鬼

余鄉唐太史濟武數歲時有表親某相携戲寺中太史童年磊落膽氣最豪見廡中泥鬼睜琉璃眼甚光而巨愛之陰以指抉取懷之而歸既抵家某暴病不語移時忽起厲聲曰何故抉我睛譟叫不休衆莫之知太史始言所作家人乃祝曰童子無知戲傷尊目行奉還也乃大言曰如此我便當去言訖仆地遂絕良久而甦問其所言茫不自覺乃送睛仍安鬼眶中

異史氏曰登堂索睛土偶何其靈也顧太史抉睛而何以遷怒於同遊蓋以玉堂之貴而且至性餂餂觀其上

書北闕拂袖南山神且憚之而況鬼乎

夢別

王春李先生之祖與先叔祖玉田公交最善一夜夢公至其家黯然相語問何來曰僕將長往故與君別耳問何之曰遠矣遂出送至谷中見石壁有裂罅便拱手作別以背向罅逡巡倒走入呼之不應因而驚寤及明以告太公敬一且使備弔具曰玉田公捐舍矣太公請先探之信而後弔之不聽竟以素服往至門則提旛挂矣嗚呼古人於友其死生相信如此喪輿待巨卿而行豈妄哉

蘇仙

高公明圖知郴州時有民女蘇氏浣衣於河河有巨石女踞其上有苔一縷綠滑可愛浮水漾動遶石三匝女視之心動既歸而娠腹漸大母私詰之女以情告母不能解數月竟舉一子欲寘隘巷女不忍也藏諸櫝而養之遂矢志不嫁以明其不二也然不夫而孕終以為羞兒至七歲未嘗出以見人兒忽謂母曰兒漸長幽禁何可長也去之不為母累問所之曰我非人種行將騰霄

昴婺耳母泣詢歸期荅曰待母屬纊兒始來去後倘有所需可啟藏兒櫝索之必能如願言已拜母徑去出而望之已杳矣女告母母大奇之女堅守舊志與母相依而家益落偶缺晨炊仰屋無計忽憶兒言往啟櫝果得米賴以舉火由是有求輒應踰三年母病卒一切葬具皆取給於櫝既葬女獨居三十年未嘗窺戶一日鄰婦乞火者見其兀坐空閨語移時始去居無何忽見彩雲繞女舍亭亭如蓋中有一人盛服立審視則蘇女也迴翔久之漸高不見鄰人共疑之窺諸其室見女靚莊凝坐氣則已絕衆以其無歸議爲殯殮忽一少年入丰姿俊偉向衆申謝鄰人向亦竊知女有子故不之疑少年出金葬母植二桃於墓乃別而去數步之外足下雲生不可復見後桃結實甘芳居人謂之蘇仙桃樹年年華茂更不衰朽官是地者每攜實以餽親友

單道士

韓公子邑世家有單道士工作劇公子愛其術以爲座上客單日與人行坐輒忽不見公子欲傳其法單不肯公子固懇之單曰我非恡吾術恐壞吾道也所傳而君

子則可不然有借此以行竊者矣公子固無慮此然或出見美麗而悅隱身入人閨闥是濟惡而宣淫也不敢從命公子不能强而心怒之陰與僕輩謀撻辱之恐其遁匿因以細灰布麥場上思左道能隱形而履處必有印迹可隨印處急擊之於是誘單往使人執牛鞭立撻之單忽不見灰上果有履迹左右亂擊頃刻已迷公子歸單亦至謂諸僕曰吾不可復居向勞服役今且別當有以報袖中出旨酒一盛又探得肴一簋並陳几上陳已復探凡十餘探案上已滿遂邀衆飲俱醉一一仍內袖中韓聞其異使復作劇單於壁上畫一城以手推撾城門頓闢因將囊衣篋物悉擲門內乃拱別曰我去矣躍身入城城門遂合道士頓杳後聞在青州市上教兒童畫墨圈於掌逢人戲拋之隨所拋處或面或衣圈輒脫去落印其上又聞其善房中術能令下部吸燒酒盡一器公子嘗面試之

五毅大夫

河津暢體元字汝玉爲諸生時夢人呼爲五毅大夫喜爲佳兆及遇流寇之亂盡剝其衣閉置空室時冬月寒

甚暗中摸索得數皮蘐體僅不至死質明視之恰符五數啞然自笑神之戲已也後以明經授維南知縣

黑獸

聞李太公敬一言某公在瀋陽宴集山巔俯瞰山下有虎銜物來以爪穴地瘞之而去使人探所瘞得死鹿乃取鹿而虛掩其穴少間虎導一黑獸至毛長數寸虎前驅若邀尊客既至穴獸眈眈蹲伺虎探穴失鹿戰伏不敢少動獸怒其誑以爪擊虎額虎立斃獸亦逕去

異史氏曰獸不知何名然問其形殊不大於虎而何延

頸受死懼之如此其甚哉凡物各有所制理不可解如獮最畏狨遙見之則百十成羣羅而跪無敢遁者凝睛定息聽狨至以爪徧揣其肥瘠肥者則以片石誌顛頂獮戴石而伏悚若木雞惟恐墮落狨揣誌已乃次第按石取食餘始閧散余嘗謂貪吏似狨亦且揣民之肥瘠而志之而裂食之而民之戢耳聽食莫敢喘息蚩蚩之情亦猶是也可哀也夫

酆都御史

酆都縣外有洞深不可測相傳閻羅天子署其中一切

獄具皆借人工桎梏朽敗輒擲洞口邑宰即備新者易之經宿失所在供應度支載之經制明有御史行臺華公按及酆都聞其說不以爲信欲入洞以決其惑人輒言不可公弗聽秉燭而入以二役從深抵里許燭暴滅視之階道澗即有廣殿十餘間列坐尊官袍笏儼然惟東首虛一坐尊官見公至降階而迎笑問曰至矣乎別來無恙否公問此何處所尊官曰此冥府也公愕然告退尊官指虛坐曰此爲君坐那可復還公益懼固請寬宥尊官曰定數何可逃也遂撿一卷示公上注云某月

日某以肉身歸陰公覽之戰慄如濯冰水念母老子幼泫然涕流俄有金甲神人捧黃帛書至羣拜舞啓讀已乃賀公曰君有回陽之機矣公喜致問曰適接帝詔大赦幽冥可爲君委折原例耳乃示公途而出數武之外冥黑如漆不辨行路公甚窘苦忽一神將軒然而入赤面長髯光射數尺公迎拜而哀之神人曰誦佛經可出言已而去公自計經咒多不記憶惟金剛經頗曾習之遂乃合掌而誦頓覺一線光明映照前路忽有遺忘之句則眼前頓黑定想移時復誦復明乃始得出其二從

人則不可問矣

王漁洋云閻羅天子廟在酆都南門外平都山上旁即王方平洞亦無他異但山半有九蟒御史廟神甚獰惡事亦荒唐

大人

長山李孝廉質君詣青州途中遇六七人語音類燕審視兩頰俱有瘢大如錢異之因問何病之同客自述舊歲客雲南日暮失道入大山中絕壑巉巗不可得出谷中有大樹一章條數尺綿綿下垂蔭廣畝餘諸客計無

所之因共繫馬解裝旁樹棲止夜既深虎豹鴞鴟次第嗥動諸客抱膝相向不能寐忽見一大人來高以丈計客團伏莫敢息大人至以手攫馬而食六七匹頃刻都盡既而折樹上長條捉人首穿顋如貫魚狀貫訖提行數步條毳折有聲大人似恐墮落乃屈條之兩端壓以巨石而去客覺其去遠出佩刀自斷貫條負痛疾走未數武見大人又導一人俱來客懼伏叢莽中見後來者更巨至樹下往來巡視似有所求而不得已乃聲啁啾似巨鳥鳴意甚怒蓋怒大人之紿已也因以掌批其頰

大人傴僂順受無敢少爭俄而俱去諸客始倉皇出荒竄良久遙見嶺頭有燈火羣趨之至則一男子居石室中客入環拜兼告所苦男子曳令坐曰此物殊可恨然我亦不能箝制待舍妹歸可與謀也居無何一女子荷兩虎自外入問客何得至諸客趨叩而告以故女子曰久知兩箇為孽不圖凶頑至此當即除之於室中出銅鎚重三四百觔出門遂逝男子煑虎肉饗客肉未熟女子已返曰彼見我欲遁追之數十里斷其一指而還因以指擲地大如脛股焉衆駭極問其姓氏卽亦不言少間肉熟客創痛不食女以藥屑徧糝之痛頓止既明女子送客至樹下行李俱在各負裝行十餘里經昨夜鬬處女子指示之石窪中殘血尚存盆許出山女子始別而返

柳秀才

明季蝗生青兖間漸集於沂沂令憂之退臥署幕夢一秀才來謁峩冠綠衣狀貌脩偉自言禦蝗有策詢之荅云明日西南道上有婦跨碩腹牝驢子蝗神也哀之可免令異之治具出邑南伺良久果有婦高髻褐帔獨控

老蒼衞緩蹇北度卽爇香捧巵酒迎拜道左捉驢不令去婦問大夫將何爲令便哀懇區區小治幸憫脫蝗口婦曰可恨柳秀才饒舌洩吾密機當卽以其身受不損禾稼可耳乃盡三巵瞥不復見後蝗來飛蔽天日然不落禾田但集楊柳過處柳葉都盡方悟秀才柳神也或云是宰官憂民所感誠然哉

王漁洋云柳秀才有大功德於沂沂雖百世祀可也

董公子

青州董尚書可畏家庭森肅內外男女不敢通一語一日有婢及僕調笑於中門之外爲公子所窺怒叱之各奔而去及夜公子偕僮臥齋中時方盛暑室門洞敞更既深僮聞牀上有聲甚厲方驚醒月影中見前僕提一物出門去以其家人故弗深怪遂復寐忽聞靴聲訇然一偉丈夫赤面長髯似壽亭侯像捉一人頭入僮懼蛇行入牀下但聞牀上支支格格如振衣如摩腹移時始罷靴聲又響乃去僮伸頸漸出見櫺上有曉色以手捫牀上著衣黏溼嗅之血腥大呼公子公子方醒告而火之血盈枕席大駭不得其故忽有官役叩門公子出見

之役愕然但言怪事詰之告曰適衙前一人神色迷罔大聲自言曰我殺主人矣衆見其衣有血汚執而白之官審知爲公子家人彼言已殺公子埋首於關廟之側往驗之穴土猶新而首則無之公子駭異趨赴公庭其人即前狎婢者也因述其異官甚惶惑重責而釋之公子不欲結怨於小人以前婢配之令去積數日其鄰堵者夜聞僕房中一聲震響若崩裂急赴呼之不應排闥入視見夫婦及寢牀皆截然斷而爲兩木肉上俱有削痕似一刀所斷者關公之靈跡最多蓋未有奇於此者也

冷生

平城冷生少最鈍年二十餘未能通一經後忽有狐來與之燕處每聞其終夜語即兄弟詰之亦不肯泄一字如是多日忽得狂易病每爲文時得題則閉門枯坐少時譁然大笑往窺之則手不停草而一藝成矣既而脫稿文思精妙是年入泮明年食餼每逢場作笑響徹堂壁由此笑生之名大譟幸學使退休不聞後値某學使規矩嚴肅終日危坐堂上忽聞笑聲怒執之將以加責

藥不知何時狐以藥置粥中婦食之覺有腦麝氣問婢
婢荅不知食訖覺慾燄上熾不可暫忍強自遏抑燥渴
愈急籌思家中無可奔者獨有客在遂往叩齋客問其
誰實告之問何作不荅客謝曰我與若夫道義交不敢
爲此獸行婦尚流連客叱曰某兄文章品行被汝喪盡
矣隔窗唾之婦大慚乃退因自念我何爲若此忽憶椀
中香得毋媚藥耶檢包中藥果狼籍滿架盎琖中皆是
也稔知冷水可解因就飲之頃刻心下清醒愧恥無以
自容輾轉既久更漏已殘愈恐天曉無以見人乃解帶

自經婢覺救之氣已漸絕辰後始有微息客夜間已遁
生晡後方歸見妻臥問之不言但含清涕婢以狀告大
驚苦詰之妻遣婢去始以實陳生歎曰此我之淫報也
於卿何尤幸有良友不然何以爲人遂從此痛餙往行
狐亦遂絕
異史氏曰居家者相戒勿蓄砒鴆從無有戒不蓄媚藥
者亦猶之人畏兵刃而狎牀笫也寧知其毒有甚於砒
鴆者哉顧蓄之不過以媚內耳乃至見嫉於鬼神況人
之縱淫有過於蓄藥者乎

某生赴試自郡中歸日已暮攜有蓮實菱藕入屋並置几上又有藤津僞器一事水浸盎中諸鄰人以其新歸攜酒登堂生倉猝置牀下而出令內子經營供饌與客薄飲飲已入內急燭牀下盎水已空問婦婦曰適與菱藕並出供客何尚尋也生回憶肴中有黑條雜錯舉座不知何物乃失笑曰癡婆子此何物事可供客耶婦亦疑曰我方怨子不言烹法其狀可醜又不知何名只得糊塗臠切耳生乃告之相與大笑今某生貴矣相狎者猶以爲戲

山市

奐山山市邑八景之一也然數年恒不一見孫公子禹年與同人飲樓上忽見山頭有孤塔聳起高插青冥相顧驚疑念近中無此禪院無何見宮殿數十所碧瓦飛甍始悟爲山市未幾高垣睥睨連亘六七里居然城郭矣中有樓若者堂若者坊若者歷歷在目以億萬計忽大風起塵氣莽然城市依稀而已既而風定天清一切烏有惟危樓一座直接霄漢樓五架窗扉皆洞開一行有五點明處樓外天也層層指數樓愈高則明漸少數

至八層裁如星點又其上則黯然縹緲不可計其層次矣而樓上人往來屑屑或凭或立不一狀踰時樓漸低可見其頂又漸如常樓又漸如高舍倏然如拳如豆遂不可見又聞有早行者見山上人煙市肆與世無別故又名鬼市云

孫生

余鄉孫生者娶故家女辛氏初入門爲窮袴多其帶渾身糾纏甚密拒男子不與共榻牀頭常設錐簪之器以自衛孫屢被刺剟因就別榻眠月餘不敢問鼎卽白晝

相逢女未嘗假以言笑同窗共知之私謂孫曰夫人能飲否答云少飲某戲之曰僕有調停之法善而可行問何法曰以迷藥入酒紿使飲焉則惟君所欲矣孫笑之而陰服其策良詢之醫家敬以酒煮烏頭置案上入夜孫釃別酒獨酌數觥而寢如此三夕妻終不飲一夜孫臥移時視妻猶寂坐孫故作鼾聲妻乃下榻取酒煨爐上孫竊喜既而滿引一盃又復酌約至半杯許以其餘仍內壺中拂榻遂寢久之無聲而燈煌煌尚未滅也疑其尚醒故大呼錫檠鎔化矣妻不應再呼仍不應白身

往視則醉睡如泥啟衾潛入層層斷其縛結妻固覺之不能動亦不能言任其輕薄而去既醒惡之投繯自縊孫夢中聞喘吼聲起而奔視舌已出兩寸許大驚斷索扶榻上踰時始蘇孫自此殊恨厭之夫婦避道而行相逢則各俯其首積四五年不交一語妻或在室中與他嬉笑見夫至色則立變凛如霜雪孫嘗寄宿齋中恒經歲無歸時卽强之歸亦面壁移時默然卽枕而已父母甚憂之一日有尼至其家見婦亟加贊譽母亦不言但有浩歎尼詰其故具以情告尼曰此易與耳母喜曰倘能回婦意當不靳酬也尼窺室無人耳語曰請購春宮一幀三日後爲若厭之尼既去母從其教購以待之三日尼果來囑曰此須愼密勿令夫婦知乃翦下圖中人又鍼三枚艾一撮並以素紙包固外繪數畫如蚓狀使母賺婦出竊取其枕開其縫而投之已而仍合之返歸故處尼乃去至晚母强子歸宿傭媼知其情竊往伏聽二更將殘聞婦呼孫小字孫不荅少間婦復語孫厭氣作惡聲質明母入其室見夫婦而首相背知尼之術誣也呼子於無人處慰諭之孫聞妻名便怒切齒母怒罵

之不顧而去越日尼來告之罔效尼大疑嫗因述所聽尼笑曰前言婦憎夫故偏厭之今婦意已轉所未轉者男耳請作兩制之法必有驗母從之索子枕如前緘置訖又呼令歸寢更餘猶聞兩榻上皆有轉側聲時作咳都若不能寐久之聞兩人在一牀上唧唧語但隱約不可辨將曙猶聞戲笑吃吃不絕嫗以告母母喜尼厚餽之孫由是琴瑟合好今各三十餘矣生一男兩女十餘年從無口角之事同人私問其故笑曰前此顧影生怒後此聞聲而喜自亦不解其何心也

異史氏曰移憎而愛術不亦神哉然能令人喜者亦能令人怒術人之神正術人之可畏也先哲云六婆不入門有見矣夫

沂水秀才

沂水某秀才課業山中夜有二美人入含笑不語各以長袖拂榻相將坐衣輭無聲少間一美人起以白綾巾展几上上有草書三四行亦未審其何辭一美人置白金鋌可三四兩許秀才掇內袖中美人取巾握手笑出曰俗不可耐秀才捫金則烏有矣麗人在坐投以芳澤

撲把捉稍懈帶金騰去某每謂定數不可逃而不知不疑夢不貪拾遺走者何遽能飛哉

鏡聽

益都鄭氏兄弟皆文學士大鄭早知名父母嘗過愛之又因子並及其婦二鄭落拓不甚爲父母所懽遂惡次婦至不齒禮冷暖相形頗存芥蔕次婦每謂二鄭等男子耳何遂不能爲妻子爭氣遂擯弗與同宿於是二鄭感憤勤心銳思亦遂知名父母稍稍優顧之然終殺於兄次婦望夫綦切是歲大比竊於除夜以鏡聽卜有二

人初起相推爲戲云汝也凉凉去婦歸吉凶不可解亦置之闈後兄弟皆歸時暑氣猶盛兩婦在廚下炊飯餉耕其熱正苦忽有報騎登門報大鄭捷母入廚喚大婦曰大男中式矣汝可凉凉去次婦忿惻泣且炊俄又有報二鄭捷者次婦力擲餅杖而起曰儂也凉凉去此時中情所激不覺出之於口旣而思之始知鏡聽之驗也

異史氏曰貧窮則父母不子有以哉庭幃之中固非憤激之地然二鄭婦激發男兒亦與怨望無賴者殊不同科投杖而起眞千古之快事也

置不顧而金是取是乞兒相也尚可耐哉狐子可兒雅態可想

死僧

某道士雲游日暮投止野寺見僧房扃閉遂藉蒲團趺坐廊下夜既靜聞啟閾聲旋見一僧來渾身血污目中若不見道士道士亦若不見之僧直入殿登佛座抱佛頭而笑久之乃去及明視室門扃如故怪之入村道所見衆如寺發扃驗之則僧殺死在地室中席篋掀騰知爲盜刼疑鬼笑有因共驗佛首見腦後有微痕刓之內藏三十餘金遂用以葬之

異史氏曰諺有之財連於命不虛哉夫人儉嗇封殖以予所不知誰何之人亦已癡矣況僧並不知誰何之人而無之哉生不肯享死猶顧而笑之財奴之可歎如此佛云一文將不去惟有業隨身其僧之謂夫

牛飛

邑人某購一牛頗健夜夢牛生兩翼飛去以爲不祥疑有喪失牽市口損價售之以巾裹金纏臂上歸至半途見有鷹食殘兔近之甚馴遂以巾頭縶股臂之鷹屢擺

牛癀

陳華封蒙山人以盛暑煩熱枕藉野樹下忽一人奔波而來首著圍領疾趨樹陰掘石爲座揮扇不停汗下如流瀋陳起坐笑曰若除圍領不扇可涼客曰脫之易再著難也就與傾談頗極蘊藉既而曰此時無他想但得冰浸良醞一道冷芳度下十二重樓暑氣可消一半陳笑云此願易遂僕當爲君償之因握手曰寒舍伊邇請即迂步客笑而從之至家出藏酒於石洞其涼震齒客大悅一舉十觥日已就暮天忽雨於是張燈於室客乃

解除領巾相與磅礴語次見客腦後時漏燈光疑之無何客酩酊眠榻上陳移燈竊窺之見耳後有巨穴戔大數道厚膜間鬲如櫺櫺外耎革垂蔽中似空空駭極潛抽髻簪撥膜覘之有一物狀類小牛隨手飛出破窗而去益駭不敢復撥方欲轉步而客已醒驚曰子窺見吾隱矣放牛癀出將復奈何陳拜詰其故客曰今已若此尚復何諱實相告我六畜瘟神耳適所縱者牛癀恐百里內牛無種矣陳故以養牛爲業聞之大恐拜求術解客曰余且不免於罪其何術之能解惟苦參散最效其

廣傳此方勿存私念可也言已謝別出門又掬土堆壁龕中曰每用一合亦效拱手卽不復見居無何牛果病瘟疫大作陳欲專利秘其方不肯傳惟傳其弟弟試之神驗而陳自剉啖牛殊無效有牛二百蹄躈倒斃殆盡遺老牝牛四五頭亦逡巡就死中心懊惱無所用力忽憶龕中掬土念未必效姑妄投之經夜牛乃盡起始悟藥之不靈乃神罰其私也後數年牝牛蘩育漸復其故

周三

泰安張太華富吏也家有狐擾不可堪遣制罔效陳其狀於州尹尹亦不能爲力時州之東亦有狐居村民家人共見之一白髮叟云與居人通弔問一如人世禮自言行二都呼之胡二爺適有諸生謁尹閒道其異尹爲吏策使往問叟時東村人有作隸者吏訪之果不誣便與俱往卽隸家設筵招胡胡至揖讓酬酢無異常人吏因告以所求胡言我故悉之但不能爲君効力僕友人周三僑居岳廟宜可降伏當代求之吏喜欠抑申謝胡臨別與吏約明日張筵於岳廟之東吏如其教胡果導周至周虬髯鐵面服袴褶飲數行向吏曰適胡二弟致

尋意事已盡悉但此輩實繁有徒不可善諭難免用武請即假館君家微勞所不敢辭吏聞之自念去一狐得一狐是以暴易暴也游移不敢即應周已知之曰得無相畏耶我非他比且與君有夙緣請勿疑吏諾之周又囑明日偕家人閟戶坐室中幸勿諠吏旣歸悉聽教言俄聞庭中攻擊刺鬬之聲踰時始定啟關出視血點點盈階上墀中有小狐首數枚大如椀琖焉又視所除舍則周危坐其中拱手笑曰蒙重託妖類已蕩滅矣自是館於其家相見如主客焉

劉姓

邑劉姓虎而冠者也後去淄居沂習氣不除鄉人咸畏惡之有田數畝與苗某連壠苗勤田畔多種桃桃初實子往攀摘劉怒驅之指爲已有子啼而告諸父父方駭怪劉已詬罵在門且言將訟苗笑慰之怒不可解忿而去時有同邑李翠石作典商於沂劉持狀入城適與之遇以同鄉故相熟問作何幹劉以告李笑曰子聲望衆所共知我素識苗某甚平善何敢占騙將毋反言之耶乃碎其辭紙曳入肆將與調停劉恨恨不已竊肆中筆

復造狀藏懷中期以必告未幾苗至細陳所以哀李爲之解免言我農人半世不見官長但得罷訟數株桃何敢執爲已有李呼劉出告以退讓之意劉猶指天畫地叱罵不休苗惟和色卑辭無敢少辯既罷踰四五日見其村中人傳劉已死李爲驚歎異日他適見杖而來者儼然劉也比至殷殷問訊且請臨顧李逡巡問曰日前忽聞凶訃一何妄也劉不荅但挽入村至其家羅漿酒焉乃言前日之傳非妄也曩出門見二人來捉見官府問何事但言不知自思出入衙門數十年非怯見官長

者亦不畏怖從去至公廨見南面者有怒容曰汝即劉某耶罪惡貫盈不自悛悔又以他人之物占爲已有此等横暴合置鐺鼎一人稽簿曰此人有一善合不死南面者閱簿色稍霽便云暫送他去數十人齊聲呵逐余曰因何事勾我來又因何事遣我去還祈明示吏持簿下指一條示之上記崇禎十三年用錢三百救一人夫妻完聚吏曰非此則今日命當絶宜墮畜生道駭極乃從二人出二人索賄怒告曰不知劉某出入公門二十年專刼人財者何得向老虎討肉喫耶二人乃不復言

送至村拱手曰此役不曾啜得一掬水二人既去入門遂甦時氣絕已隔日矣李聞而異之因詰其善行頗未

初崇禎十三年歲大凶人相食劉時在淄爲主捕隸適見男女哭甚哀問之荅云夫婦聚纔年餘今歲荒不能兩全故悲耳少時在油肆前復見之似有所爭近詰之肆主馬姓者便云伊夫婦餓將死日向我討麻醬以爲活今又欲賣婦於我我家中已買十餘口矣此何緊要賤則售之否則已耳如此可笑生來纏人男子因言今粟貴如珠自度非三百不足供逃亡之費本欲兩生若賣妻而不免於死何取焉非敢言直但求作陰騭行之耳劉憐之便問馬出幾何馬言今日婦口止直百許耳劉請勿短其數且願助以半價之貲馬執不可劉少負氣便謂男子彼鄙瑣不足道我請如數相贈若能逃荒又全夫婦不更佳耶遂發囊與之夫妻泣拜而去劉述此事李大加獎歎劉自此前行頓改今七旬猶健去年李詣周村遇劉與人爭衆圍勸不能解李笑呼曰汝又欲訟桃樹耶劉茫然改容吶吶斂手而退

異史氏曰李翠石兄弟皆稱素封然翠石尤醇謹喜爲

善未嘗以富自豪抑然誠篤君子也觀其解紛勸善其生平可知矣古云爲富不仁吾不知翠若先仁而後富者耶抑先富而後仁者耶

庫官

鄒平張華東公奉旨祭南岳道出江淮間將宿驛亭前驅白驛中有怪異宿之必致紛紜張弗聽宵分冠劍而坐俄聞鞾聲入則一頒白叟皁紗黑帶怪而問之叟稽首曰我庫官也爲大人典藏有日矣幸節鉞遙臨下官釋此重負問庫存幾何荅言二萬三千五百金公慮多

金累綴約歸時盤驗叟唯唯而退張至南中餽遺頗豐及還宿驛亭叟復出謁及問庫物曰已撥遼東兵餉矣深訝其前後之乖叟曰人世祿命皆有額數錙銖不能增損大人此行應得之數已得之矣又何求言已竟去張乃計其所獲與所言庫數適相脗合方歎飲啄有定不可以妄求也

金姑夫

會稽有梅姑祠神故馬姓族居東莞未嫁而夫早死遂矢志不醮三旬而卒族人祠之謂之梅姑丙申上虞金

生赴試經此入廟徘徊頗涉冥想至夜夢青衣來傳梅姑命招之從去入祠梅姑立候簷下笑曰蒙君寵顧實切依戀不嫌陋拙願以身爲姬侍金唯唯梅姑送之曰君且去設座成當相迓耳醒而惡之是夜居人夢梅姑曰上虞金生今爲吾壻宜塑其像詰旦村人語夢悉同族長恐玷其貞以故不從未幾一家俱病大懼爲肖像於左既成金生告妻子曰梅姑迎我矣衣冠而死妻痛恨詣祠指女像穢罵又升座批頰數四乃去今馬氏呼爲金姑夫

異史氏曰不嫁而守不可謂不貞矣爲鬼數百年而始易其操抑何其無恥也大抵貞魂烈魄未必即依於土偶其廟貌有靈驚世而駭俗者皆鬼狐憑之耳

酒蟲

長山劉氏體肥嗜飲每獨酌輒盡一甕負郭田三百畝輒半種黍而家豪富不以飲爲累也一番僧見之謂其身有異疾劉荅言無僧曰君飲常不醉否曰有之曰此酒蟲也劉愕然便求醫療曰易耳問需何藥俱言不須但令於日中俯臥縶手足去首半尺許置良醞一器移

時燥渴思飲爲極酒香入鼻饞火大熾而苦不得飲忽覺喉中暴癢哇有物出直墮酒中解縛視之赤肉長三寸許蠕動如游魚口眼悉備劉驚謝酬以金不受但乞其蟲問將何用曰此酒之精甕中貯水入蟲攪之卽成佳釀劉使試之果然劉自是惡酒如讎體漸瘦家亦日貧後飲食不能給

異史氏曰日盡一石無損其富不飲一斗適以益貧豈飲啄固有數乎或言蟲是劉之福非劉之病僧愚之以成其術然歟否歟

義犬

潞安某甲父陷獄將死搜括囊蓄得百金將詣郡關說跨騾出則所養黑犬從之呵逐便退既走則又從之鞭逐不返從行數十里某下騎趨路側私焉既乃以石投犬犬始奔去某既行則犬歘然復來嚙騾尾足某怒鞭之犬鳴吠不已忽躍在前憤齕騾首似欲阻某去路某以爲不祥益怒回騎馳逐之視犬已遠乃返轡疾馳抵郡已暮及捫腰橐金亡其半涔涔汗下魂魄都失輾轉終夜頓念犬吠有因候關出城細審來途又自計南北

銜銜行人如蟻遺金寧有存理逡巡至下騎所見犬斃
草間毛汗溼如洗提耳起視則封金儼然感其義買棺
葬之人以爲義犬塚云

岳神

揚州提同知夜夢岳神召之詞色憤怒仰見一人侍神
側少爲緩頰醒而惡之早詣岳廟默作祈禳既出見藥
肆一人絕肖所見問之知爲醫生旣歸暴病特遣人聘
之既至出方爲劑暮服之中夜而卒或言閻羅與東岳
天子日遣使者男女十萬八千衆分布天下作巫醫名

勾魂使者用藥者不可不察也

鷹虎神

郡城東嶽廟在南郭大門左右神高丈餘俗名鷹虎神
猙獰可畏廟中道士任姓每雞鳴輒起焚誦有偷兒預
匿廊間伺道士起潛入寢室搜括財物奈室無長物惟
於薦底得錢三百納腰中拔關而去將登千佛山南竄
許時方至山下見一巨丈夫自山上來左臂蒼鷹適與
相遇近視之面銅青色依稀似廟門中所習見者大恐
蹲伏而戰神詫曰盜錢安往偷兒益懼叩不已神揪令

還入廟使傾所盜錢跪守之道士課畢回顧駭愕盜歷歷自述道士收其錢而遣之

齕石

新城王欽文太翁家有圉人王姓幼入勞山學道久之不火食惟啖松子及白石徧體生毛旣數年念母老歸里漸復火食猶啖石如故向日視之即知石之甘苦酸鹹如啖芋然母死復入山今又十七八年矣

廟鬼

新城諸生王啓後者方伯中宇公象坤曾孫見一婦人入室貌肥黑不揚笑近坐榻意甚褻王拒之不去由此坐臥輒見之而意堅定終不摇婦怒批其頰有聲而亦不甚痛婦以帶懸梁上捽與並縊王不覺自投梁下引頸作縊狀人見其足不履地挺然立空中即亦不能死自是病顛忽曰彼將與我投河矣望河狂奔曳之乃止如此百端日常數作術藥罔效一日忽見有武士綰鎖而入怒叱曰樸誠者女何敢擾即縶婦項自欞中出纔至窗外婦不復人形目電閃口血赤如盆憶城隍廟門中有泥鬼四絕類其一焉於是病若失

地震

康熙七年六月十七日戌刻地大震余適客稷下方與表兄李篤之對燭飲忽聞有聲如雷自東南來向西北去衆駭異不解其故俄而几案擺簸酒杯傾覆屋梁椽柱錯折有聲相顧失色久之方知地震各疾趨出見樓閣房舍仆而復起墻傾屋塌之聲與兒啼女號喧如鼎沸人眩暈不能立坐地上隨地轉側河水傾潑丈餘雞鳴犬吠滿城中踰一時許始稍定視街上則男女裸聚競相告語並忘其未衣也後聞某處井傾仄不可汲某

家樓臺南北易向棲霞山裂沂水陷穴廣數畝此眞非常之奇變也

有邑人婦夜起溲溺回視則狼銜其子婦急與狼爭一緩頰婦奪兒出攜抱中狼蹲不去婦大號鄰人奔集狼乃去婦驚定作喜指天畫地述狼銜兒狀已奪兒狀良久忽悟一身未著寸縷乃奔此與地震時男婦兩忘者同一情狀也人之惶急無謀一何可笑

張老相公

張老相公晉人適將嫁女攜眷至江南躬市奩妝舟

抵金山張老渡江囑家人在舟勿煿羶腥蓋江有黿怪聞香輒出壞舟吞行人爲害已久張去家人忘之炙肉舟中忽巨浪覆舟妻女皆沒張廻棹悼恨欲死因登金山謁寺僧詢黿之異將以讎黿僧聞之駭言吾儕日與習近懼爲禍殃惟神明奉之祈勿怒時斬牲牢投以半體則躍吞而去誰復能相讎哉張聞頓思得計便招鐵工起爐山半冶赤鐵重百餘斤審知所常伏處使二三健男子以大鉗舉投之黿躍出疾吞而下少時波涌如山頃之浪息則黿死已浮水上矣行旅寺僧並快之建張老相公祠肖像其中以爲水神禱之輒應

造畜

魘媚之術不一其道或投美餌給之食之則人迷罔相從而去俗名曰打絮巴江南謂之扯絮小兒無知輒受其害又有變人爲畜者名曰造畜此術江北猶少河以南輒有之揚州旅店中有一人牽驢五頭暫繫櫪下云我少選卽返兼囑勿令飲噉遂去驢暴日中蹄齧殊喧主人牽著涼處驢見水奔之遂縱飲之一滾塵化爲婦人怪之詰其所由舌强而不能荅乃匿諸室中旣而驢

主至驅五羊於院中驚問驢之所在主人叟客坐便進餐飯且云客姑飲驢即至矣主人出悉飲五羊輾轉皆爲童子陰報郡遣役捕獲遂械殺之

快刀

明末濟屬多盜邑各置兵捕得輒殺之章邱盜多有一兵佩刀甚利殺輒導窾一日捕盜十餘名押赴市曹內一盜識兵逡巡告曰聞君刀甚快斬首無二割求殺我兵曰諾其謹依我勿離也盜從至刑所出刀揮之豁然頭落數步之外猶圓轉而大讚曰好快刀

汾州狐

汾州判朱公者居廨多狐公夜坐有女子往來燈下初謂是家人婦未遑顧瞻及舉目竟不相識而容光豔絕心知其狐而愛好之遽呼之來女停履笑曰厲聲加人誰是汝婢媼耶朱笑而起曳坐謝過遂與款密久如夫妻之好忽謂曰君秩將遷別有日矣問何時荅云目前但賀者在門弔者即在閭不能官也三日遷報果至次日即得太夫人訃音公解任欲與偕旋狐不可送之河上强之登舟女曰君自不知狐不能過河也朱不忍別

戀戀河畔女忽出言將一謁故舊移時歸即有客來苔拜女別室與語客去乃來請便登舟妾送君渡朱曰向言不能渡今何以云曰曩所謁非他河神也妾以君故特請之彼限我十日往復故可暫依耳遂同濟至十日果別而去

龍三則

北直界有墮龍入村其行重拙入某紳家其戶僅可容軀塞而入家人盡奔登樓譁譟銃砲轟然龍乃出門外停貯潦水淺不盈尺龍入轉側其中身盡泥塗極力騰躍尺餘輒墮泥蟠三日蠅集鱗甲忽大雨霹靂挐空而

去

房生與友人登牛山入寺游矚忽椽間一黃磚墮上盤小蛇細裁如蚓忽旋一周已如帶共驚知為龍羣趨而下方至山半聞寺中霹靂一聲震動山谷天上黑雲如蓋一巨龍夭矯其中移時始沒

章邱小相公莊有民婦適野值大風塵沙撲面覺一目眯如含麥芒揉之吹之迄不愈啟瞼而審視之睛固無恙但有赤綫蜿蜒於肉分或曰此蟄龍也婦憂懼待死

積三月餘天暴雨忽巨霆一聲壯裂而去婦終無損

江中

王聖俞南游泊舟江心既寢視月明如練未能寐使童僕爲之按摩忽聞舟頂如小兒行踏蘆席作響遠自舟尾來漸近艙戶慮爲盜急起問僮僮亦聞之問荅間見一人伏舟頂上垂首窺艙內大愕按劍呼諸僕一舟俱醒告以所見或疑錯愕俄響聲又作羣起四顧渺然無人惟疎星皎月漫漫江波而已衆危坐舟上旋見青火如燈狀突出水面隨水浮游漸近船則火頓滅即有黑

人驟起屹立水上以手攀舟而行衆譟曰必此物也欲射之方闗弓則遽伏水中不可見矣問舟人舟人曰此古戰塲鬼時出沒其無足怪

戲術 二則

有桶戲者桶可容升無底中空亦如俗戲戲人以二席置街上持一升入桶中旋出即有白米滿升傾注席上又取又傾頃刻兩席皆滿然後一一量入畢而舉之猶空桶奇在多也

利津李見田在顏鎮閒游陶塲欲市巨甕與陶人爭直

不成而去至夜窖中未出者六十餘甕啟視一空陶人大驚疑李踵門求之李謝不去固哀之乃曰我代汝出窖一甕不損在魁星樓下非與如言往視果一一俱在樓在鎮之南山去場三里餘傭工運之三日乃盡

某甲

某甲私其僕婦因殺僕納婦生二子一女閱十九年巨寇破城刼掠一空一少年賊持刀入甲家甲視之酷類死僕自歎曰吾合休矣傾囊贖命迄不顧亦不一言但搜人而殺共殺一家男婦二十七口而去甲頭未斷寇

去少蘇猶能言之三日尋斃嗚呼果報之不爽可畏也哉

衢州三怪

張握仲從戎衢州云衢州夜靜時人莫敢獨行鐘樓上有鬼頭上一角象貌獰惡聞人行聲即下人駭奔鬼亦遂去而見之輒病多死者又城中一塘夜出白布一疋如匹練橫地上過者拾之即捲入水又有鴨鬼夜既定塘邊寂無一物若聞鳴聲即病

拆樓人

往來其上毫無所損總鎮配以娼生子而白饌僕戲之謂非其種黑鬼亦自疑因殺子骨則盡黑始悔之公每令兩鬼對舞神情亦可觀也

車夫

有車夫載重登坡方極力時一狼來嚙其臀欲釋手則貨敝身壓忍痛推之既上則狼已齕片肉而去乘其不能為力之際而竊嘗一臠亦黠而可笑也

棊鬼

揚州督同將軍梁公解組鄉居日攜棊酒游翔林邱間

會九日登高與客弈忽有一人來逡巡局側眈玩不去視之面目寒儉懸鶉結焉然而意態溫雅有文士風公禮之乃坐亦殊撝謙公指棊謂曰先生當必善此何弗與客對壘其人遜謝移時始卽局局終而負神情懊熱若不自已又著又負益慚憤酌之以酒亦不飲惟曳客弈自晨至於日昃不遑溲溺方以一子爭路兩互喋聒忽書生離席悚立神色慘沮少間屈膝向公座頓顙乞救公駭疑起扶之曰戲耳何至是書生曰乞付囑圉人勿縛小生頸公又異之問圉人誰曰馬成先是公圉役

馬成者走無常常十數日一入幽冥攝牒作勾役公以書生言異遂使人往視成則僵臥已二日矣公叱成不得無禮瞥然間書生卽地而滅公歎咤良久乃悟其鬼越日馬成寤公召詰之成曰書生湖襄人癖嗜奕産蕩盡父憂之閉置齋中輒踰垣出竊引空處與奕者狎父聞詬詈終不可制止父憤悒齎恨而死閻摩王以書生不德促其年壽罰入餓鬼獄於今七年矣會東嶽鳳樓成下牒諸府徵文人作碑記王出之獄中使應召自贖不意中道遷延大愆限期嶽帝使直曹問罪於王王怒

使小人輩羅搜之前承主人命故未敢以縲紲繫之公問今日作何狀曰仍付獄吏永無生期矣公歎曰癖之悞人也如是夫

異史氏曰見奕遂忘其死及其死也見奕又忘其生非其所欲有甚於生者哉然癖嗜如此尚未獲一高著徒令九泉下有長死不生之奕鬼也可哀也哉

頭滾

蘇孝廉貞下封公晝臥見一人頭從地中出其大如斛在牀下旋轉不已驚而中疾遂以不起後其次公就蕩

婦宿罹殺身之禍其兆於此耶

果報二則

安邱某生通卜筮之術而其為人邪蕩不檢每有鑽穴踰牆之行則卜之一日忽病藥之不藥曰我實有所見冥中怒我狎褻天數將重譴矣藥何能為亡何日暴瞽兩手無故自折

某甲者伯無嗣甲利其有頗為之後伯既死田產悉為所有遂背前盟又有一叔家頗裕亦無子甲又父之叔卒又背之於是併三家之產稱富一鄉忽暴病若狂自

言曰汝欲享富厚而生耶遂以利刃自剖肉片片擲地又曰汝絕人後尚欲有後耶剖腹流腸遂斃未幾其子亦死產業歸他人矣果報如此可畏也夫

龍肉

姜太史玉璇言龍堆之下掘地數尺有龍肉充牣其中任人割取但勿言龍字或言此龍肉也則霹靂震作擊人而死太史嘗 其肉實不謬也

聊齋志異卷十四終